EL VALLE MÁGICO

EL VALLE MÁGICO

Acampada
en el jardín

Tracey Corderoy

Ilustraciones de Hannah Whitty
Traducción de Bel Olid

RBA

Título original: *Willow Valley. Spooky Sleepover.*

© del texto: Tracey Corderoy, 2012.
© de las ilustraciones: Hannah Whitty, 2012.
© de la traducción: Bel Olid, 2015.
© de esta edición: RBA Libros, S.A., 2015.
Avda. Diagonal, 189. 08018 Barcelona.
rbalibros.com

© de la ilustración de la cubierta: Hannah Whitty, 2012.
Adaptación de la cubierta: Compañía.
Edición y maquetación: Ormobook.

Primera edición: febrero de 2015.

RBA MOLINO
REF.: MONL247
ISBN: 978-84-272-0857-5
DEPÓSITO LEGAL: B. 262-2015

Para Anna, con todo mi amor…

T.C xx

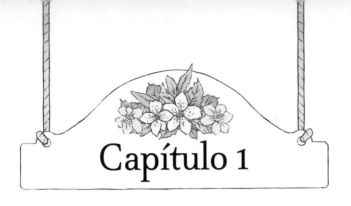

Capítulo 1

Aquella tarde brillaba el sol en el jardín de Roberto, donde la hierba verde y suave estaba salpicada de pequeñas margaritas y los abejorros revoloteaban entre las flores que había junto al cubierto. Roberto estaba sentado en el muro que cerraba su jardín y miraba el Valle Mágico.

Sus mejores amigos estaban a punto de llegar. Mientras esperaba, observaba a una hormiga que cargaba con una hoja enorme.

De repente, Roberto oyó algo, levantó

las orejas y sonrió de bigote a bigote. Les
vio: eran dos puntitos a los pies de la colina. Sus amigos Pancho Pincho y Lily ya
casi habían llegado.

—¡Viva! —exclamó Roberto.

Bajó del muro de un salto y corrió colina abajo entre la hierba ondulante para ir a recibirles. Aquella noche iban a acampar los tres en el jardín y Roberto se moría de ganas. Era la primera vez que acampaba fuera de casa... ¡seguro que sería genial!

Pancho Pincho, un erizo regordete, arrastraba una carretilla llena de comida. Tenía los mofletes redondos del color de dos cerezas maduras.

—Buf... —resopló cuando se acercó Roberto—. Creo que me he acordado de todo.

Se irguió y señaló la carretilla que arrastraba con orgullo.

—¿Lo ves? Es para la medianoche. He traído galletas, pastel de chocolate y tres hombrecillos de mazapán que he horneado con mis propias patas esta misma mañana.

A Pancho lo que más le gustaba en el mundo era comer dulces. Bueno, lo que más, si no contaba caminar por la cuerda floja, bajar rodando a toda velocidad por las colinas o intentar catapultarse a la luna, como hacía casi todas las noches.

—¡Oh, no! —exclamó Pancho de repente al examinar su carretilla—. Me he olvidado el pijama. Bueno, da lo mismo, por lo menos he traído todo lo importante.

—¿Y tú qué traes, Lily? —preguntó Roberto, con la seguridad de que no se habría olvidado nada.

Lily era, entre los tejones que conocía Roberto, el más listo, aparte de su abuelo, Erik Bigoteblanco. Era el capitán de la flota de barcazas del Valle Mágico, con las que los habitantes del valle solían desplazarse a los mercados de las riberas del río para vender sus productos. Erik Bigoteblanco también era un héroe para Roberto.

—Bueno, yo sí que me he acordado del pijama —dijo Lily, sonriendo—. Y he traído un camisón de sobras por si acaso, además del peine, el cepillo de dientes y un libro de cuentos. Ah, y también una cosa para cada uno de vosotros.

Abrió un bolsillo lateral de la mochila y sacó tres pequeñas linternas.

—¡Hala! —dijo Pancho.

—Gracias —exclamó Roberto—. Pero, ¿de dónde las has sacado?

Lily sonrió y le dio la linterna roja a Roberto y la azul a Pancho.

—Me las ha dado el abuelo Erik cuando le he dicho que íbamos a acampar en tu jardín. Me ha contado cómo fue la primera vez que él acampó y me ha dicho que nos vendrían de perlas.

Lily volvió a meter su linterna lila en la mochila para no perderla.

—También he traído unas cartas.

—¡Fantástico! —exclamó Roberto, que volvió a subir la colina junto a sus amigos. Cuando llegaron al jardín, les invitó a entrar y les dijo:

—Bueno, lo primero que hay que hacer

es montar la tienda. Lo he intentado antes pero no he avanzado demasiado...

Señaló un montón de piezas de la tienda que había esparcidas por el césped del jardín.

—¿Dónde has puesto las instrucciones? —preguntó Lily.

—Tienen que estar por aquí —dijo

Roberto y sacó una hoja llena de instrucciones de entre la montañita de varas.

—No nos hacen falta las instrucciones —exclamó Pancho, y le quitó el papel de las patas a Roberto antes de que pudiera pasárselo a Lily.

—Y entonces, ¿cómo vamos a saber montar la tienda? —dijo Lily.

—Bah, yo seguro que sé hacerlo. Montar una tienda es más fácil que comerse una golosina. Y ojalá fuera una golosina, porque me muero de hambre —sonrió e hizo un avión de papel con las instrucciones—. Las instrucciones no sirven para nada. Pero los aviones... ¡Eso sí que me gusta!

—¡Pancho, no, no lo tires! —suplicó Roberto. Pero ya era demasiado tarde, porque Pancho había lanzado el avión.

—¡Hala! —exclamó cuando una brisa inesperada lo elevó y se lo llevó lejos.

Roberto y Lily lo miraban con los ojos como platos.

—Sí que vuela bien —dijo Roberto.

—Sí —confirmó Lily—, pero eso no nos sirve para montar la tienda.

—Ya os he dicho que yo me encargo —apuntó Pancho.

Se dirigió hacia el montón de piezas de la tienda, y Lily y Roberto se acercaron y se sentaron en un pequeño claro del jardín donde había algunas setas.

—¡Madre mía…! —suspiró Lily, moviendo la cabeza con desaprobación. Ella y Roberto observaban a Pancho, que iba canturreando y haciendo equilibrios con las varas de la tienda encima del hocico. Luego se puso a jugar a los dardos con las piquetas.

Estaba claro que no tenía ni idea de cómo montar la tienda, ni parecía que le preocupase demasiado.

Cuando se puso la tela de la tienda en los hombros para jugar a ser Supererizo, Lily y Roberto decidieron que era el momento de echarle una mano.

Se acercaron a él, le quitaron la capa y se pusieron todos juntos a montar la tienda.

Cuando hubieron terminado, ya estaba empezando a refrescar y en el aire se olía el húmedo aroma de la noche. Roberto observó la tienda; estaba algo torcida, pero seguro que serviría. Pronto oscurecería y se meterían dentro los tres.

Roberto estaba nervioso solo con pen-
sarlo.

—Un momento —le soltó Lily a Pancho, con el ceño fruncido—. ¿Qué es esa
vara que llevas?

—Pues... Esto... —Pancho se ruborizó hasta las orejas—. Es una vara de sobras de la tienda. Las tiendas siempre llevan varas de sobras, ¿sabes?

—Oye, que... que creo que no —dijo Roberto.

—¿Volvemos a montarla? —propuso Lily.

—¡Ni hablar! —exclamó Pancho—. Es hora de cenar, mira.

Señaló al otro lado del jardín. Por el caminito se acercaban la madre y la hermana de Roberto. Llevaban nubes de golosina ensartadas en largos palitos y una bandeja de salchichas.

—Roberto —le llamó Pelusa, enseñán-

dole una nube—, vamos a cenar todos en el jardín. Mamá encenderá un buen fuego para asar las nubes y las salchichas. Y a lo mejor yo también acampo.

—Pelusa, ya te he dicho que eres demasiado pequeña para acampar —le dijo su madre—. Pero he preparado una cena deliciosa para todos.

—¡Qué bien! —exclamó Roberto—. Vamos a buscar leña, nos hará falta para encender el fuego.

—Que esté bien seca —dijo su madre a los pequeños, que ya habían salido disparados hacia todos los rincones del jardín.

—Vale —respondió Roberto, nervioso.

Cuando hubieron reunido la leña, la mamá de Roberto encendió el fuego con mucho cuidado y cocinó las salchichas. Luego se sentaron alrededor de las llamas a comerse las salchichas y a asar las nubes, y cantaron alegres canciones.

De postre tomaron helado de frambuesa y luego el cielo empezó a teñirse de rojo. Al rato, empezaron a revolotear las

polillas entre las ramas de los árboles y vieron las primeras estrellas brillando en el cielo. El fuego se iba extinguiendo poco a poco.

Cuando finalmente se apagó la hoguera, la mamá de Roberto se llevó a Pelusa a casa y Roberto y sus amigos se metieron en la tienda torcida, listos para empezar la acampada.

Capítulo 2

Colocaron los sacos de dormir y los cojines dentro de la tienda y les quedó un rincón muy acogedor. Luego Roberto y Lily se pusieron el pijama.

—¿Qué hacemos ahora? —peguntó Roberto—. Es demasiado temprano para irnos a dormir.

—Vamos a jugar a algo —respondió Pancho.

—¿Os apetece una partida a las cartas? —propuso Lily.

—¡Genial! —exclamó Roberto.

A todos les encantaba jugar a las cartas.

Lily sacó la baraja, repartió las cartas y empezaron a jugar a las parejas. Jugar con Pancho era complicado, porque cada vez que alguien tiraba una carta metía la zarpa en el montón y gritaba «¡pareja!» aunque las cartas no ligaran.

—Eso es hacer trampas, Pancho —se quejó Roberto.

—No es verdad. No hay ninguna norma que prohíba decir «pareja» cuando te apetezca.

Siguieron jugando.

—¡Pareja! —gritó Pancho—. ¡Pareja! ¡Pareja! ¡Pareja! —en un momento el erizo se había llevado todas las cartas—. Soy el mejor jugador de Valle Mágico. Tal vez incluso el mejor del mundo.

—Será porque tienes pinchos en las patas —se rió Lily.

Roberto sacudió la cabeza...

—Tengo que ir al baño. Cuando vuelva, jugamos a otra cosa, ¿vale?

Y salió de la tienda mientras los demás guardaban las cartas. Cuando volvió estaba helado de frío.

—¡Brrr! Hace un frío increíble y está muy pero que muy oscuro. ¿Ya habéis pensado a qué queréis jugar?

Pancho y Lily se miraron cómplices y sonrieron.

—¡Guerra de almohadas! —exclamaron a la vez.

Sacaron las almohadas y empezaron a golpear a Roberto uno por cada lado. Él se partía de risa y al final también consiguió coger su almohada.

—¡Ay! —gritó cuando la almohada de Lily se rasgó encima de la cabeza llena de pinchos de Pancho.

El erizo se reía a carcajadas:

—¡Eh, mirad todos!

Tiró su almohada al aire y le dio un cabezazo, como si fuera una pelota de fútbol. Y empezaron a llover plumas que parecían suaves copos de nieve.

—Uy... —dijo Roberto, cubierto de plumas hasta las rodillas—. Creo que es mejor que paremos.

—Vale —accedió Pancho, y se metió en el saco—. Pero ha sido muy divertido. Me encanta acampar.

Lily guardó su almohada en el saco y sacó el libro de cuentos.

—¿Os gustaría que os leyera un cuento? —preguntó.

—¡Sí! —asintió Roberto.

—Pero oye, que no sea de hadas, ni de princesas, ni de sirenas cursis.

—Vale —dijo Lily, riendo—. Escogeré

uno distinto —y abrió el libro—. Mirad,
¿qué os parece el de *Caperucita Roja* y el
lobo que se zampa a la abuelita?

—¡Sí, ese es chulísimo! —dijo Pancho.

Lily buscó la página.

—Tengo una idea —sugirió—. Podría-
mos representar la historia, en vez de
leerla. Yo quiero ser Caperucita Roja.

—Y yo el lobo —dijo enseguida Roberto.

—Entonces, ¿qué queda? —dijo Pancho, rascándose la cabezota llena de pinchos—. Un momento… Yo no pienso ser la abuela.

Se cruzó de patas y zarpas y formó una mueca muy fea con la boca, como si hiciera pucheros. Pero Roberto le tentó con un par de galletas y, al final, a Pancho se le pasó el disgusto y aceptó ser la abuela.

—Y te puedes poner esto —anunció Lily, y sacó el camisón de recambio—. En el cuento, la abuela lleva un camisón.

Le lanzó a Pancho un camisón rosa y lleno de volantes.

—Mmm... A lo mejor me lo pondría, pero tengo tanta hambre... —dijo Pancho, pensativo—. Las galletas que me he comido eran minúsculas. Pero, claro, si también pudiera zamparme un poco de pastel de chocolate, me pondría el camisón sin ningún reparo. Pero el pedazo tendría que ser bastante grande, por supuesto.

Los demás aceptaron el trato y Roberto le dio un buen trozo de pastel, que Pancho engulló al momento. Luego se puso con dificultades el camisón de Lily. ¡Ya estaban todos listos!

—«Érase una vez... —empezó a leer

Lily, paseándose con su saco de dormir rojo puesto por encima, como si fuera una capa— una niña a la que llamaban Caperucita Roja y que iba a visitar a su querida y simpatiquísima abuela cuando...».

—¡Qué rollo de camisón de puntilla! —interrumpió Pancho, rascándose por todas partes—. ¡Es horrible y me pica muchísimo!

—Pancho, por favor —suspiró Lily—, intenta estar calladito hasta que se te coman, ¿vale?

—Sí —dijo Roberto, divertido—, ¡te voy a comer yo, que soy el lobo feroz!

Lily siguió con el cuento pero Pancho no callaba. Lily no podía pronunciar ni

tres palabras seguidas sin que el erizo re-
soplase o se quejase, lloriquease o suspi-
rase, bufase o gimiese.

—Este camisón es demasiado estrecho.
Y demasiado rosa. Y pica demasiado. Yo
puedo interpretar a otros personajes mucho mejor que a la abuela, dejadme inten-
tarlo y ya veréis.

Cuando por fin llegaron a la parte en la
que el lobo se comía a la abuela, Pancho
se puso en pie de un salto:

—¡Ajá! ¡Os lo habíais creído, ¿verdad? —exclamó con la voz más feroz que supo poner.

Cogió la vara que sobraba de la tienda y la blandió en el aire.

—No soy la abuela, ni hablar. ¡No, no! En realidad soy el leñador que mata al lobo.

—No, sí que eres la abuela. Deja de estropearnos el cuento —dijo Lily.

—¡Que no! —exclamó Pancho—. ¡Soy el leñador! ¡Leñador! ¡Leñador! ¡Leñador! —Se quitó el camisón de Lily y pataleó fuerte en el suelo—. Y me marcho a mi bosque yo solo, así que ahí os quedáis.

Y con esa frase salió de la tienda ante la

mirada sorprendida de los otros dos. Al cabo de nada, volvió a entrar.

—Mecachis —dijo Pancho, empapado y chorreando—. Está lloviendo.

Capítulo 3

Pancho cogió su saco de dormir y volvió a meterse en él.

—Propongo que hagamos otra cosa —dijo, enfadado—. Yo me invento ahora mismo un cuento mejor que esa tontería de Caperucita.

—¡Qué buena idea! —dijo Roberto—. Vamos a inventarnos cuentos. ¡Cuentos de miedo!

Cada vez había menos luz en la tienda, así que era el momento ideal para contar historias de miedo.

—Vale, tú primero, entonces —dijo Pancho—. Es que yo... eh... me lo estoy pensando.

Cogió unas cuantas galletas de la carretilla y, a escondidas, se las metió todas de golpe en la boca.

—De acuerdo —aceptó Roberto—. Empiezo yo primero.

Se puso de rodillas sobre el saco de dormir y Lily sacó la linterna.

—Ajá, b...uena i...dea —farfulló Pancho, mientras seguía masticando y tragando las galletas—. Los cuentos de miedo dan todavía más miedo a oscuras y a la luz de una linterna.

Los tres amigos encendieron las linternas y justo en ese momento oyeron un ruido fuera. Uuuhhh, uuuhhh.

—¿Qué ha sido eso? —se asustó Roberto.

—Ni idea —exclamó Pancho, y se hizo una bola.

—Ha sido un búho —dijo Lily—. Nada más.

La lluvia caía sobre la tienda y el viento empezaba a ulular. Por primera vez aquella noche, Roberto estaba asustado y sentía miedo.

—Venga, Roberto, cuéntanos una historia de miedo —le animó Lily.

—Eh... —dijo Roberto, e intentó pensar en algo que no le diera demasiado

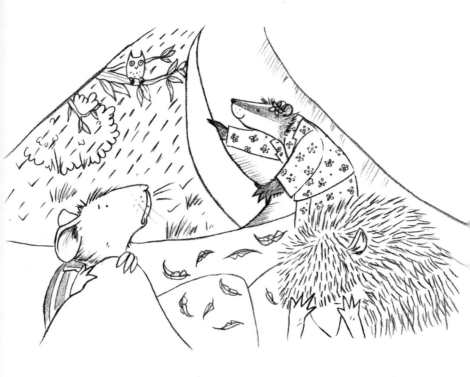

miedo—. Va... Vale, creo que se me ha ocurrido una historia.

Roberto carraspeó y Pancho se desenroscó, pero todavía parecían todos bastante nerviosos. El viento azotaba la tela de la tienda.

—Eh... Había una vez una... conejita —empezó Roberto.

—Tiene que ser de miedo, acuérdate —insistió Lily.

—Que sí, que es de miedo —aclaró Roberto—. Es que acabo de empezar, pero ya verás. Y entonces... pues... la conejita estaba en un jardín que no era suyo, arrancando zanahorias, cuando...

—Un momento, ¿era de noche? —preguntó Pancho—. ¿Soplaba el viento?

—¡No! —exclamó Roberto, enfadado—. Era un día precioso y soleado. Bueno, pues la conejita contó las zanahorias que había en el suelo y había cuatro, no, cinco. Entonces dio media vuelta y...

—¡No me lo digas! —exclamó Lily—. Un monstruo enorme y peludo salió arrastrándose y... ¡Zas! —dio una sonora palmada y Roberto y Pancho pegaron un salto—. La conejita era el desayuno del monstruo.

—¡No! —gritó Roberto, temblando de pies a cabeza—. Lo que pasó no fue eso, ni hablar. Contó las zanahorias, se volvió y cuando las miró de nuevo... había desaparecido una zanahoria. Alguien (o algo) la había robado, así de repente.

—Qué miedo —susurró Pancho, blanco como la cera.

Lily se partía de risa.

—¿Ese es tu cuento de miedo? —dijo,

riendo—. Si no da nada de miedo. Bueno, ahora me toca a mí.

Lily se puso delante de sus dos amigos y con la linterna se enfocó a la cara, justo desde debajo del hocico.

—Érase una vez un fantasma viejo y cascarrabias que vivía solo en una enorme barcaza...

Pancho y Roberto se acercaron el uno al otro.

—¿No... No era una conejita? —tartamudeó Roberto.

—No —dijo Lily—. Era un fantasma y solo salía de noche.

—¡De noche! —exclamaron Pancho y Roberto, aterrados.

—De noche —asintió Lily—, cuando el viento ululaba así: uuuhhh... uuuhhh... uuuhhh.

—¡No hagas eso! —gritaron Roberto y Pancho a la vez.

Lily bajó la voz y dijo, casi susurrando:

—Bueno, pues una noche el fantasma iba en su barcaza con las cadenas que llevaba colgadas al cuello tintineando...

—¿Cadenas? —dijo Roberto, tragando saliva.

—¿Tintineando? —dijo Pancho, asustado.

—¡Esperad! —gritó Roberto—. ¿Qué es ese ruido? Oigo algo tintineando... fuera... Escuchad.

Todos escucharon con atención. Roberto tenía razón. ¡Había algo que tintineaba fuera en el camino!

—¡Aaahhh! —gritaron todos—. ¡Escondeos!

Se metieron los tres en su saco de

dormir. El tintineo se oía cada vez más fuerte y más cerca.

—Me parece que esto de acampar no me gusta nada —dijo Roberto.

De repente, el tintineo se detuvo justo delante de su tienda. La cremallera hizo ziiiiiip.

—Que no se mueva nadie... —susurró Lily—. Así, sea lo que sea quizá se marche.

Pero fuera lo que fuera no se marchó, sino que dijo muy alto:

—¡Traigo chocolate!

—Mamá... —dijo Roberto, mirando agazapado desde el saco. Los otros también miraron.

—¡El tintineo eran las tazas de chocolate! —exclamó Pancho—. El chocolate es lo que más me gusta del mundo.

La madre de Roberto les acercó las tres tazas de chocolate bien caliente en una bandejita de madera.

—¿Estáis bien? No os habréis asustado, ¿verdad? —les preguntó.

—¿Asustado? —dijeron Roberto y Pancho—. Nosotros no tenemos miedo.

—Hemos estado inventándonos cuentos de miedo —le explicó Lily, riendo.

La madre de Roberto les dio un beso de buenas noches y les dejó a solas para que se tomasen el chocolate.

—Esperad a que se enfríe un poco —les recomendó, y se marchó corriendo a casa por el jardín mojado.

—Vale, buenas noches —respondieron las tres vocecillas.

Por un momento, a Roberto le habría gustado irse a casa también y meterse en su cama calentita y mullida, donde no se oía ulular el viento tanto como en la tienda. ¡Y que su madre le leyese un cuento con un final feliz!

Capítulo 4

Mientras esperaban a que se enfriase el chocolate, Lily le preguntó a Pancho Pincho si quería que le dejase el camisón, porque empezaba a hacer frío dentro de la tienda.

—Con el camisón puesto parezco una abuela —dijo Pancho, molesto.

—Algo es algo —dijo Roberto—. Por lo menos estarás calentito.

—No, gracias —dijo Pancho, con el ceño fruncido—. Prefiero pasar frío.

Y se metieron en los sacos de dormir.

—¡Brrr! —gruñó Pancho—. Aquí hace
tanto frío que parece que estemos en una
nevera.

—Sí —dijo Roberto.

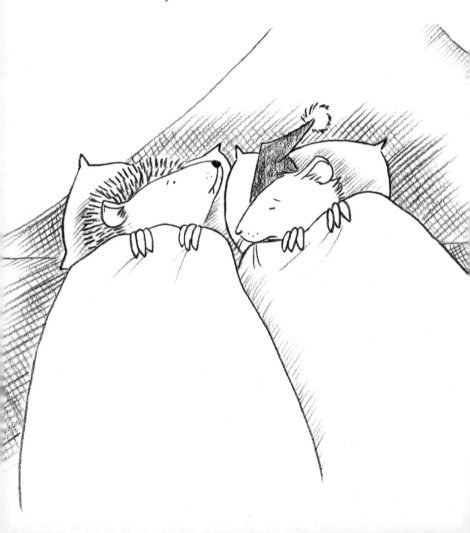

Buscó su gorro y se lo puso. Por lo menos tendría la cabeza calentita.

—No voy a poder dormir.

—Ni yo —dijo Pancho, temblando—. Oye, Lily, ¿qué es eso que tienes ahí?

Lily abrió con cuidado el paquete rosa que acababa de sacar de la mochila.

—Es mi mantita especial, está cosida a mano —respondió.

Lily colocó la manta sobre su saco de dormir rojo; Pancho Pincho y Roberto seguían tiritando.

—La hice con mamá en otoño —explicó la tejoncita, sonriendo.

Luego se metió en el saco y se acomodó el cojín de plumas.

—¿Nos podemos tomar ya el chocolate? —preguntó Pancho.

Roberto salió del saco de dormir y se acercó a las tazas, que ya no humeaban tanto.

—Pues creo que sí —anunció.

Le pasó una taza a Lily y otra a Pancho y empezaron a bebérselo.

Mientras el viento seguía golpeando la tienda y se oía el ulular del búho de fondo.

—Espero que el búho deje de ulular pronto —dijo Roberto, e intentó volver a ponerse cómodo dentro de su frío saco de dormir—. Con tanto escándalo no voy a poder conciliar el sueño.

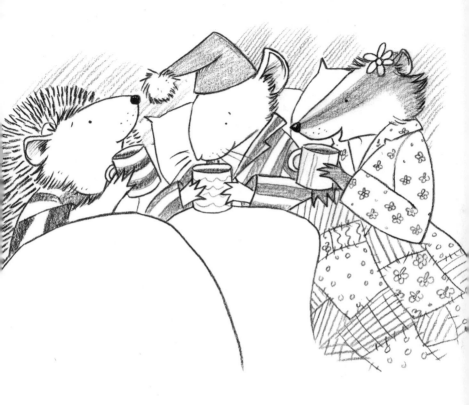

Cuando ya se terminaban la bebida, se apagó la linterna de Pancho.

—¡Oh, no! —exclamó.

¿Qué más podía salir mal? Primero le habían obligado a ponerse un camisón de abuela, luego habían oído un fantasma y ahora se le apagaba la linterna. Esto de acampar no era lo que se esperaba...

—No me gusta la oscuridad —lloriqueó Pancho—. Creo... Creo... Creo que quiero irme a casa —Y dio un suspiro.

—Venga, Pancho, no estés tan triste —le animó Lily.

Salió del saco de dormir y se acercó a Pancho, al que le caían grandes lagrimones por las mejillas.

—Oye, en realidad no quieres irte a casa —le dijo Roberto, y le dio unas palmaditas en la patita.

—Roberto tiene toda la razón —afirmó Lily—. ¡Somos muy, muy valientes!

Pancho sollozó:

—Bueno, yo creía que era valiente... antes de venir... pero ahora... ahora ya no lo tengo tan claro.

Volvió a suspirar profundamente y luego se metió el pulgar en la boca. Su naricilla negra se arrugaba cuando se chupaba el dedo.

Lily se acercó de nuevo a su saco y regresó con la almohada para ofrecérsela a Pancho.

—Toma —le dijo—, quédatela. Antes la he ahuecado, así que ahora estará súper blandita.

—¡Eso es, Blandito! —exclamó Roberto, recordando algo—. Me había olvidado de él. Mira, yo también te puedo dejar una cosa, Pancho.

Roberto cogió su mochila y sacó de ella un osito de peluche viejo y gastado.

—Toma, te presto a Blandito —le ofreció a Pancho.

—¿Te has traído a Blandito? —suspiró el erizo—. Si lo llego a saber, me traigo yo también a mi osito. No sabía que os traeríais vuestros peluches.

—Pues claro que sí, yo también me he traído a Ernesto, mira —dijo Lily, sonriendo.

Rebuscó en su saco de dormir y sacó un osito de pelaje de color miel, muy formal, con gafas y un chaleco verde botella.

—Toma, quédate con Ernesto también. A mí siempre me anima cuando estoy triste —dijo Lily, ofreciéndole el osito.

—Hala, ¿de verdad? ¿Me prestáis a los dos? —preguntó Pancho.

Lily y Roberto asintieron y Pancho abrazó a los ositos.

—Gracias —dijo, con una tímida sonrisa.

—De nada —respondió Roberto, contento.

—¿Y si dormimos un poco? —propuso Lily—. ¿Queréis que compartamos mi manta, también? Creo que puede taparnos a todos si nos apretujamos un poco.

—Sí, gracias, Lily —exclamaron Roberto y Pancho, acercándose aún más.

Lily se metió en su saco y extendió la manta por encima de los tres.

—Pues nada, buenas noches —dijo la tejoncita.

—Buenas noches —respondieron los dos amigos mientras se ponían cómodos.

Se dispusieron a dormir, pero nada más cerrar los ojos oyeron el estruendo de los gotarrones de lluvia sobre la tienda. ¡Pum, pum, pum!

—Vaya, ahora va y cae una tormenta. No me voy a dormir nunca con tanto ¡pum, pum, pum! —se quejó Pancho, otra vez sentado sobre el saco.

—Ni yo —gimió Roberto, y también se sentó.

Pancho empezó a lloriquear:

—Quiero irme a...

—Un momento —propuso Lily—. Ya sé lo que podemos hacer. Tengo una idea ¿y si nos tomamos el banquete que había preparado Pancho? Para cuando terminemos, a lo mejor ya ha parado de llover.

—¡Hurra! —se alegró Roberto—. ¡Comamos el banquete nocturno!

—¡No! —exclamó Pancho—. O sea, no es que tenga tanta... hambre.

Se hizo el silencio, excepto por la lluvia que golpeaba la tienda.

—¿No tienes hambre? —preguntó al cabo de un momento Roberto—. Pero, Pancho, no lo entiendo, si tú siempre tienes hambre...

—¿Por qué no tienes hambre, Pancho? —dijo Lily.

Cogió la linterna y enfocó en dirección a la carretilla de Pancho.

—Oh, no... Pancho... —se lamentó la tejoncita.

La montaña de comida que había traído Pancho había desaparecido por com-

pleto. Solo quedaban algunas migas de pastel de chocolate y la cabeza de un hombrecillo de mazapán.

—Pancho, te has comido el banquete enterito —dijo Lily.

—Pero si era para compartir —se quejó Roberto.

Pancho puso cara de arrepentimiento y suspiró profundamente.

—Es que tenía un poquitín de miedo, con el búho gritón, y el fantasma que creíamos que era un fantasma pero en realidad no era un fantasma, y el viento que no dejaba de soplar... Pero os he guardado un trocito de mazapán, ¿lo veis? —susurró Pancho.

Cogió el pedazo de mazapán, en forma de cabeza, para enseñárselo.

—Mirad, si hasta tiene dos ojos hechos con pasas. Una para Lily y otra para Roberto.

Pancho parecía arrepentido de verdad.

—Bueno... —suspiró Lily.

—Sí —murmuró Roberto—. Además, tampoco tengo tanta hambre. Nos guardamos el trozo de mazapán para luego, ¿vale? —añadió.

Pancho puso otra vez el trozo de mazapán en la carretilla y luego volvieron todos a sus sacos. Pero aún no se habían acomodado cuando...

—Pssst... —susurró Lily—. Roberto...

Pancho... Hay dos ojos que nos están mirando.

—Venga, Lily, déjate ya de cuentos de miedo, por favor —dijo Pancho.

—No es ningún cuento —exclamó Roberto, aterrado—. ¡Mira!

Capítulo 5

Los dos ojos que miraban parpadearon. Luego la criatura estornudó. ¡Atchís!

—¿Qué es? —susurró Lily, sin apenas pestañear.

—¡Un monstruo! —exclamó Pancho, llorando.

—No —dijo Roberto sacudiendo la cabeza—, si es muy pequeño.

Los tres amigos se acercaron para observarlo mejor y los dos ojitos que había en la entrada de la tienda se abrieron todavía más.

—No pasa nada —le dijo Roberto al animalito—, no tengas miedo.

Se volvió hacia Lily.

—Anda, pásame la linterna y así veremos lo que es.

Lily le alcanzó la linterna y la enfocó hacia el intruso.

—Aaayyy —dijo Pancho, admirado—, pero si es una monada...

—Es una preciosidad —apuntó Lily, con una amplia sonrisa dibujada en su cara.

—Pobrecito, le habrá asustado la tormenta —afirmó Roberto.

El animalito estaba sentado en la entrada de la tienda, tiritando de frío.

Tenía las orejas gachas, el pelo empapado y los bigotes le goteaban.

Sacudió la cabecita y lanzó una lluvia de gotitas que parecían estrellas fugaces. Pero ninguno de los tres amigos sabía qué era aquel animalito porque estaba demasiado empapado.

—¿Será un conejito? —preguntó Roberto.

—No creo —susurró Lily—. Los conejos tienen una colita sedosa y unas patas mucho más largas.

—¿Será un hipopótamo pequeñísimo, pequeñísimo? —dijo Pancho.

—Madre mía —exclamó Lily—. Está empapado.

—»Hola —le dijo, con una voz muy dulce—, ven con Lily.

El animalito volvió a parpadear y luego entró poco a poco en la tienda, pero prefirió ir junto a Roberto, porque se le acercó mucho y empezó a olisquearlo.

—*Papado* —dijo el pequeñito, de repente.

—¡Es un «papado»! —exclamó Roberto.

—¡Lo sabía! —afirmó Pancho—. He leído cosas sobre ellos. Son parecidos a... a las vacas, pero distintos.

El «papado» tuvo un escalofrío.

—Toma —le dijo Roberto—, quédate la manta.

Y le envolvió en la manta cosida a mano de Lily.

—¿Tienes hambre? —preguntó la tejoncita al animalito.

El «papado» no respondió, pero en ese momento se oyó cómo le rugían las tripas.

—Sí que tiene hambre, y yo también.

¿Qué le podemos ofrecer? A ver... —dijo
Pancho.

Encontró el trocito de mazapán y se lo
ofreció al «papado».

—Toma —dijo Pancho, sonriendo—,
aquí tienes la cena.

El «papado» lo husmeó un poco y luego se lo tragó entero.

—Hala, era verdad, sí que tenía hambre —exclamó Pancho.

Contemplaron al «papado» y luego se miraron entre ellos.

—Y ahora, ¿qué hacemos con él? —preguntó Roberto.

—A lo mejor tiene sueño —se le ocurrió proponer a Lily—. Si le acurrucamos a lo mejor se duerme.

—Pero se habrá perdido, seguro que quiere buscar a su mamá —gimoteó Pancho.

—Ya le ayudaremos mañana —dijo Roberto—. No pienso salir con la tormenta que está cayendo. Además, mi mamá no me dejaría.

—Sí, tiene razón Roberto —asintió Lily—. Ya le ayudaremos a buscar a su mamá mañana por la mañana.

Los tres volvieron a meterse en el saco de dormir.

—Aquí estará seguro hasta que pase la noche —dijo Lily.

Los demás estuvieron de acuerdo y se acurrucaron, pero oyeron unos gemidos y unos suspiros muy tenues. El «papado» estaba llorando.

—Vaya —dijo Lily—. A lo mejor quiere que le contemos un cuento para irse a dormir.

Los amigos se turnaron y le fueron leyendo cuentos del libro de Lily. Al pequeño animalito le encantaron los cuentos de *El gato con botas* y *Pulgarcito*, pero cuando Roberto empezó a leer *Caperucita Roja*, se escondió bajo la manta de Lily y se puso a temblar de pies a cabeza.

—No me extraña —coincidió Pancho—. Es un cuento muy tonto.

Cuando hubieron leído el libro entero (y algunos de los cuentos, más de una vez), a Roberto, Pancho y Lily se les cerraban los ojos de cansancio.

—Es hora de irse a dormir —dijo al fin Lily, bostezando.

—Por fin —suspiraron Pancho y Roberto.

Ahora no les habría importado que
una orquesta entera de gotas de lluvia

golpease la tienda como si fuera un tambor. Los tres amigos estaban tan agotados que habrían dormido a pesar de cualquier ruido.

Se taparon con los sacos y Pancho le pasó al «papado» el osito de peluche de Roberto.

—Toma —le dijo, con un gran bostezo—, abrázalo. Buenas noches.

El «papado» parpadeó y luego miró a Blandito, como si fuera la primera vez que veía un osito de peluche.

—Tranquilo —le dijo Roberto—, se porta muy bien.

Metió a Blandito bajo la manta con el «papado» y les acurrucó.

—Pues nada, hasta mañana —dijo Roberto, y le acarició la cabecita empapada al «papado».

Sin embargo, el animalito parecía estar muy despierto. Daba golpecitos en sus sacos de dormir y les hacía cosquillas en las patitas.

—¿Y ahora qué pasa? —se quejó Pancho.

—Ni idea —suspiró Roberto.

—A lo mejor si le cantamos una nana se duerme —propuso Lily mientras acariciaba al «papado».

—Ya está —anunció la tejoncita—. Me sé una nana que te va a encantar, y seguro que te caes de sueño.

Lily dio un gran bostezo y el «papado» también.

—Venga, allá vamos —dijo Lily, y empezó a cantar muy suavemente:

Brilla, brilla, linda estrella
entre todas la más bella.
En el cielo o en el mar,
nunca dejes de brillar...

Lentamente, al «papado» se le fueron cerrando los ojitos.

Cuando Lily terminó de cantar la canción, Roberto, Pancho y el «papado» estaban durmiendo como troncos, y hasta roncaban.

—Bueno, por fin —suspiró Lily, cerrando también los ojos.

Capítulo 6

A la mañana siguiente, el cielo fue cambiando del azul oscuro al anaranjado y el sol asomó por detrás de las montañas. En la tienda todo el mundo seguía durmiendo a pata suelta, incluso el pequeño «papado».

Seguramente habrían seguido durmiendo hasta mediodía, a no ser porque de repente se oyó un ruido fuera de la tienda que los despertó.

—¡Aaahhh! —gritó Roberto, y se sentó de golpe, con el gorro medio caído.

Pancho y Lily también salieron del saco.

—¿Qué ha sido eso? —dijo Pancho, bostezando.

—No estoy segura —susurró Lily.

Entonces vio al «papado».

—¡Madre mía! ¡Mirad, mirad! —exclamó Lily.

Roberto y Pancho miraron hacia donde señalaba Lily. El «papado», que se había secado y parecía muy suave, ahora era una bolita de pelo anaranjado, con la punta de la cola de color blanco y las orejas puntiagudas.

El «papado» no era ningún «papado». En realidad era... ¡un cachorro de zorro!

En el Valle Mágico todo el mundo sabía que los zorros pueden ser muy peligrosos.

—No tengáis miedo —dijo Roberto enseguida—, no nos va a hacer nada, solo es una cría.

—Pero ¿y si el ruido que se ha oído es la mamá zorra? —dijo Lily—. ¿Y si, ahora que ya no llueve, ha salido a buscar a su cachorro?

—Se creerá que se lo hemos robado y se nos

comerá para desayunar —lloriqueó Pancho.

No había terminado de decirlo cuando por la entrada de la tienda asomó un morro puntiagudo.

—¡Mamá! —exclamó el cachorrito—. ¡Mamá!

La enorme mamá zorra entró y saludó alegre a su cachorro.

—¡Mi pequeño! ¡Estás bien! —dijo, respirando aliviada, y empezó a besar a su hijito mientras los demás estaban muy quietos, sin atreverse a mover ni un pelo.

—¡Mamá! —repitió el zorrito.

La mamá zorra miró a su hijito de arriba abajo para asegurarse de que no se había lastimado. Luego dirigió su mirada hacia Pancho, Lily y Roberto.

—Muchas gracias a todos —les dijo—. Habéis cobijado a mi pequeño durante la tormenta.

—Adiós —les saludó el cachorrito, feliz.

Se colgó del cuello de su madre y salieron de la tienda. Cuando se fueron, lo último que se vio fue la tupida cola anaranjada de la mamá zorro.

Roberto, Lily y hasta Pancho estaban muy callados. ¡Vaya nochecita habían pasado!

—¿Qué hacemos ahora? —preguntó Pancho.

—Pues no estoy muy segura —respondió Lily.

—Vamos a mi casa —propuso Roberto—. Podemos desayunar todos allí.

—¡Desayunemos! —exclamó Pancho, y se le enderezaron los pinchos—. Qué buena idea.

Roberto salió de la tienda y los demás le siguieron. Después de la lluvia, la hierba olía más y la zona donde estaban los hongos, al lado de la zarzamora, parecía aún más suave y fresca que nunca.

Caminaron hacia la casa entre pajaritos que cantaban y bajo el sol radiante que iluminaba el Valle Mágico. Las flores se abrían y empezaba a hacer más calor, y las mariposas revoloteaban en busca de un buen desayuno.

—Tengo sueño —dijo Roberto, bostezando y frotándose los ojos.

—Yo también —coincidió Lily.

—Pero por lo menos no se nos han comido —bromeó Pancho.

Entraron en la casa-cueva de Roberto, que estaba en silencio. Caminaron de puntillas hasta la cocina y los tres amigos se sentaron en la enorme mesa de pino que allí había.

—Bueno, ¿qué desayunamos? —preguntó Pancho.

Justo entonces apareció la mamá de Roberto.

—Caramba, sí que os habéis levantado temprano. ¿Habéis dormido bien?

—Sí, gracias, mamá —dijo Roberto, intentando disimular un bostezo. Sonrió y sus amigos sonrieron también.

En ese momento Pelusa bajó desde su cuarto, dando saltitos por la escalera.

—¡Roberto! —exclamó—. Te he hecho un regalo.

Y le dio un dibujo que acababa de terminar.

—Eres tú en tu tienda —explicó Pelusa,

contenta, señalando una mancha marrón—. Y esta es Lily... Y aquí está Pancho... Y eso son la luna y las estrellas.

Roberto miró el dibujo y sonrió. Faltaba alguien. Alguien empapado, asustado y pequeñín.

—¿Queréis que os haga unas gachas? —preguntó la madre de Roberto.

—Sí, por favor —dijeron todos.

—Las gachas son lo que más me gusta del mundo, excepto las galletas, quizá... O el pastel de chocolate —apuntó Pancho.

La mamá de Roberto encendió los fogones, y Roberto y sus amigos se subieron a la mecedora. Acampar había sido toda una aventura y Roberto estaba seguro de que volverían a hacerlo, pero ahora mismo le apetecía acomodarse en su lugar preferido y descansar, con los pies calentitos, mientras su mamá le preparaba un buen desayuno.

Pronto las gachas estuvieron listas y su dulce aroma invadió la casa. Pelusa se sentó en su silla y cogió una cuchara, muy contenta.

—Pero, mamá, mira a Roberto —rio.

La mamá de Roberto estaba delante del armario cogiendo tazas y platos. Se volvió.

—Vaya... —dijo, con una sonrisa.

Roberto, Lily y Pancho se habían quedado dormidos en la mecedora, y parecían estar comodísimos acurrucaditos.

La mamá de Roberto se acercó de puntillas y les tapó con su chal.

—Que descanséis —les susurró a los tres valientes—. Dulces sueños...

Tracey Corderoy

Nació en el Reino Unido y se dedicó a la enseñanza primaria durante muchos años. Empezó a escribir libros infantiles convencida del poder que tienen el lenguaje y la literatura para despertar la curiosidad y la imaginación en los niños. Sus libros se han traducido a distintas lenguas y *El valle mágico* es su primera serie publicada en RBA Molino.

Otros títulos de la colección

El primer día de cole nos encontramos cuatro Lucías en clase. La profe no quería hacerse un lío, así que decidió ponernos un apodo a cada una. Cuando llegó mi turno, le dije que yo quería que me llamase Lucía, solamente. Le pareció injusto que fuera la única Lucía sin apodo de la clase, así que se tomó mi propuesta literalmente, ¡y ahora me llama Lucía Solamente!

Felipe Qué Flipe se ha ganado su apodo a pul-
so: ha repetido tantas veces «¡qué flipe!» cuando
le suceden cosas asombrosas, como tropezar con
un misterioso móvil parlanchín en el recreo, que es
uno de los chicos más conocidos de la escuela. Sin
embargo, el día en que se atreve a pulsar la tecla
roja del supermóvil y descubre que tiene una mi-
sión que cumplir en otro mundo... ¡sí que flipará de
verdad!

Esta es la historia de Hércules... No, no del Hércules de la mitología griega, sino de una mascota, de un hámster. No es fuerte, sino pequeño, suavecito, desaliñado y tan vago que hasta le da pereza correr en la rueda de su jaula. Entonces, ¿no te parece increíble que sea capaz de asustar a toda la ciudad, aplastar coches y pisotear un mercado en busca de deliciosa comida?

Como la mayoría de niños, Lee va a la escuela cada día. Aunque el colegio de St. Orlok no es una escuela cualquiera y Lee, Billy y Bella no son unos niños normales. Son una panda de pequeños vampiros con muchas cosas por aprender..., como cocinar sin ajo, agitar bien la capa, mantener sus colmillos sanos y poner una cara escalofriante... ¡Bienvenido a la escuela de vampiros!

¿Sabes qué día es hoy? ¡Hoy es un día tan especial que solo se repite una vez al año! Hoy es uno de esos días que merece una gran fiesta ¡con todos los amigos! Hoy es el cumpleaños de la gatita más gamberra del vecindario... ¡Bad Kitty! Disfruta de la diversión caótica de su fiesta de cumpleaños en este libro que te hará reír a carcajadas. ¿Qué regalo le gustará más?

Parece que hay un problema de atención en clase, y si los compañeros de Roco no pueden quedarse quietos no podrán aprender, y su maestra puede encontrarse con graves problemas. Afortunadamente, nuestro brillante Roco tiene un plan para salvar ese desastre, un PLAN SÚPER-PEGAMENTO! ¿Qué podría salir mal?